Papás por todo el mundo

Lada Josefa Kratky

NATIONAL GEOGRAPHIC LEARNING | CENGAGE Learning

Estados
Unidos

mapa

Es mi papá.

México

mapa

Es mi papá.

Kazajstán

mapa

Es mi papá.

Vietnam

mapa

Es mi papá.

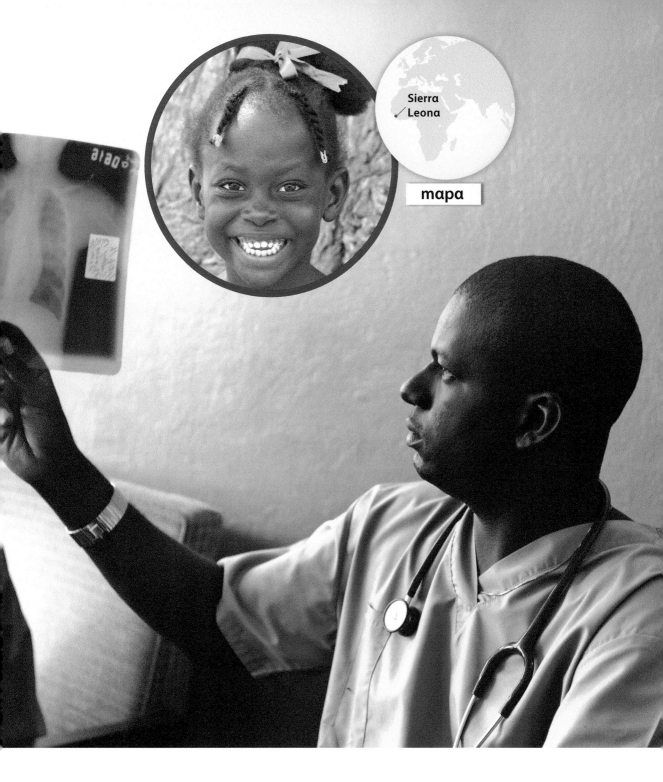

Sierra
Leona

mapa

Es mi papá.

Estados
Unidos

mapa

Es mi papá.

¡Es mi papá!